Christian GRANDTHURIN

L'INNOCENCE DES REVES

poèmes

Ce papier qui me tend les bras
Chaque fois que je prends la plume
Je tremble de peur et de froid
Je vais, j'hésite et je recule
Qui veut se délivrer de moi…

Jean Ferrat

A la mémoire de mon Père.

QUE S'APAISE LE VENT

Que s'apaise le cours des rivières insolentes
De jeunesse, de vigueur d'ineffable candeur
Je me suis épuisé à leurs eaux roulantes
Gaspillé en vain mon souffle et ma sueur
Je ne puis plus aux courbes de leurs méandres
S'abîmant en d'obscurs et tortueux lointains
Qu'offrir mon âme lasse et mon coeur en cendres
Le poids de mes remords et l'ivresse de mes chagrins.

Que s'apaise le vent, pourvoyeur de songes vains
De senteurs exilées de parfums dérobés,
Aguicheur de soirs bleus et d'amants incertains.
J'ai trop écouté des feuillages envoûtés
La chanson qui appelle la musique qui étreint
Frissonné à l'écho des bourrasques enjôleuses
Et plus qu'un autre rêvé aux orages marins
Aux nuages crevant sur les landes rocheuses.

Que s'apaise ce soir le feu ardent des colères
Je veux en silence écouter pleurer la nuit
Mettre à l'unisson son chagrin et mes prières
Intimement mêler ses murmures à mes cris
Au deuil de son voile enveloppant l'univers
Offrir une larme comme on offre une fleur
Que s'apaise le vent, s'endorment les rivières
Que se taisent le vent, les mensonges et les leurres.

DIS-MOI LES SOIRS…

Dis-moi les soirs aux grottes antiques
La peur des nuits qui nous revient parfois
L'espérance folle des cantiques
Que les hommes entonnaient autrefois

Au-delà de l'histoire dans l'ombre
Y avait-il pour tomber à genoux
Un homme à la face moins sombre
Un Artiste un Poète ou un fou

Pour parler de bonheur à des brutes
Et apprendre l'amour aux enfants
Entailler dans un os une flûte
Et soustraire la musique au vent.

UN AIR CONNU...

Un air connu force la fenêtre
Une chanson douce et sereine
Inconsciente et pourtant experte
A ranimer le feu de nos peines.

Elle a sur nos âmes ce pouvoir
D'apaiser la colère et l'ennui
Mais fait renaître en nos mémoires
Des visages qu'on croyait engloutis

Elle calme l'ivresse de nos jours
La course folle que sont nos vies
Mais éveille dans nos coeurs l'amour
Et la chaleur d'une voix chérie.

La chanson douce et sereine
Que je fredonne passant ébloui
Comme une prière à ceux que j'aime
A mes rêves évanouis aussi.

Un air connu force la fenêtre
Une chanson douce et sereine
Inconsciente et pourtant experte
A ranimer le feu de nos peines.

AUTOMNE

Les feuilles sont d'un blond vénitien
Disait Roscane en soupirant
Tandis qu'au vol de sa belle main
Elle en saisissait une en rêvant.

Et qu'elles savent bien le chemin
Qu'il leur faut sereines et sans regret
Toutes de grâces et d'or parées
Emprunter lorsque l'heure vient.

Qu'elles mettent dans cet ultime envol
De résignation et de charme !
Emportées comme une barque folle
Sur des flots stupides et profanes.

Ainsi la vie de l'arbre à la terre
Nous impose après les joies d'été
Son automne et ses vains regrets
Un peu d'ombre sur sa lumière.

AMI PRODIGUE

Comme une vasque les mains creusées
Je serais là riche de sources
Quand vers le soir tu paraîtras
A bout de souffle à bout de course
Je serais là près de l'eau vive
Sous le tilleul dans les fougères
Comme une bête aux abois
Guettant ton pas qui tarde trop
Je serais là tendant les mains
Quand vers le soir tu paraîtras
Pour que tes lèvres altérées
Y viennent boire en leur creuset.

ESPOIR...

Ensembles de choses
Visages multiples
La Nature se sclérose
Et forme ses disciples.

En ces temps de bavards
Où se prône l'ignorance
Il risque d'être tard
Pour que lève la semence.

Le sillon se raidit
Sous le joug de l'hiver
Et la feuille blêmit
Pressentant ma colère.

C'est bon pour les poètes
De regarder le ciel
Nos rêves de conquêtes
Ont un goût d'irréel.

Pourquoi chercher ailleurs
Un monde à profaner
Nous avons la meilleure
Des mères à protéger.

S'il nous reste une rose
Dans un coin de nos coeurs
Qui embaume et dispose
Nos âmes à la candeur.

S'il nous reste l'espoir
Que nourrit le regret
D'être homme et de déchoir
Tout peut être sauvé !

A UN ENFANT ENDORMI

Tu t'endors et je sais le merveilleux
De ces rêves qui te font sourire
Quand ta main lâche mon doigt malheureux
Sans guide désormais pour te suivre.

Oui je sais qu'en ce pays si lointain
Qu'aucun adulte jamais ne profana
Je ne peux te suivre. Je ne peux rien
Contre les songes qui te volent à mes bras.

Je ne peux rien sinon t'attendre
Au bout de la nuit qui s'achèvera
Je ne peux rien sinon que tendre
Une main au jour qui te me rendra.

LES ORAGES DE L'ENFANCE

Les orages de l'enfance
Rarement
Fertilisent
Les sillons monotones
De la vie
C'est un leurre
Que de croire
Aux rosées des aurores
C'est plus tard
Bien plus tard
A l'âge ou déjà vacille
La flamme au flambeau
Que l'on sait
Qu'on comprend
Que la pluie sur la vie
S'appelle chagrin.

EPITAPHE

Ci-gît une phrase
Un serment oublié
La vie qui nous blase
Nous l'a fait renié
Ci-gît, nus, reposent
Des aveux imprudents
Une fleur éclose
Sur le coeur d'un amant.

SERMENTS EPUISES

Voilà que s'achève au matin
Une nuit douce et sereine
Un vent dolent sèche les embruns
Comme des larmes de sirènes
Voilà à l'horizon le retour
Des voiles, ballerines des mers
Virevoltant à contre jour
Fragiles tendres et légères.

Sur la grève nappée d'écume
Des mouettes en habit festoient
Ailes au vent jabot de plumes
Tandis qu'à d'autres repas
Hommes et femmes enlacés
Pleurent des serments d'amour
Aux flots bleus épuisés
Qui se brisent alentour.

A MON PERE

Pour mieux penser à toi
J'ai ouvert la fenêtre
Comme tu faisais parfois
Quand il pleuvait mon Père
Le goût de l'eau ce soir
Roulant sur ma figure
A ces parfums de gloire
Et de chagrin qui dure
Pourquoi ce bel été
Qu'on croyait sans nuages
S'amuse à faire pleurer
Les souvenirs trop sages.

Un an, un an déjà
Un an que je repense
A ce matin d'effroi
A ce matin sans sens
Qui se levait pour rien
Un an et j'y reviens
A ce matin de glace
Qui a brisé mon coeur
Et dispersé les traces
De tes joies et fureurs
La blessure est profonde...
La blessure est profonde...

La tendre voix qui s'est tue
Amis vous n'en avez que faire
Celle que je n'entendrais plus
Amis c'est celle de mon Père.

Et j'ai peur que le temps
Ne vienne aussi ravir
Comme il le fait souvent
Mes plus beaux souvenirs
La malice de ses yeux...
Le sourire de ses yeux...
Son image et sa voix
Et les bruits quotidiens
Il se lève. Il s'assoit
Nous parlons du jardin
De la terre qu'il aimait...
De la terre qu'il aimait...

La tendre voix qui s'est tue
Amis vous n'en avez que faire
Celle que je n'entendrais plus
Amis c'est celle de mon Père.

LE VENT LEGER

Il est venu ce matin
A ma fenêtre chanter
Tout chargé de parfums
Ruisselant de la rosée
Qui abreuve les chemins
A l'aurore des étés.

Il est venu ce matin
Apportant à mes lèvres
La fraîcheur d'une main
La vigueur d'une sève
Qui ranime un jardin
Et féconde les rêves.

Le vent lascif et serein
Aux ailes diaphanes
Tourbillonnant sans fin
A la source de l'âme
Le vent venu ce matin
Léger comme une femme.

JE NE SUIS...

Je ne suis que senteurs
Je ne suis que de bruits
Fait de songes et de cris
De lumières et de peurs
Je ne suis que blessure
Et de coeur écorché
Une ombre sans passé
Sans contours sans fêlures
Je ne suis que nuage
Emporté par les vents
Qui s'endort en rêvant
A des cieux sans orages
Je ne suis que poussière
Voyageur sans bagage
Affamé de mirages
De musiques ordinaires
Je ne suis que murmure
Evoquant à demi-voix
Des prénoms qui me plurent
Je ne suis... comment dire
Imprimé sur la vie
Qu'un chemin sous la pluie
Qu'un soleil fait mentir.

CET ENFANT SUR SA CHAISE

Ils me regardent passer et se taisent
Me suivant des yeux jusqu'au détour
De la route et reprennent plus à l'aise
Leur histoire aux senteurs de labour.

J'aime bien pourtant les rencontrer
Tous ces gens réunis en veillée
Sur les pas des maisons trop usés
Par leur gros souliers de cuir cloutés

Ils savourent entre amis la fraîcheur
Et le calme des beaux soirs d'été
Quand au coeur des maisons la chaleur
Ne s'est pas encore dissipée.

Je retrouve par eux des souvenirs
Que je croyais sans importance
Lorsqu' insoucieux de l'avenir
Je croyais aux rêves de l'enfance.

Où est-il ce charmant village ?
Je n'en sais plus très bien le chemin
Toutes ces années c'est dommage
M'en ont fait demeurer bien trop loin.

Je le revois entouré de prairies
De champs immenses et de forêts
Au pied de la colline bien assis
Abritant mes plus belles années.

Ils me regardent passer et se taisent
Mais je sais leurs jeux et leurs discours
Et j'envie cet enfant sur sa chaise
Que l'on couchera au petit jour.

C'EST LE MATIN...

(Pour Sarajevo)

C'est le matin, un matin de silence,
Echappé d'un rêve qui s'achemine
Sur des rosées gorgées de jouvence,
Et de senteurs enjôleuses et câlines.

C'est le matin, offert comme une trêve,
A la vie qui se bat et qui souffre.
Somnambule qui se tait et qui rêve,
En oubliant le feu et le soufre.

Un peu de vent musarde et se traîne.
Je sais vos cris, je sais vos pleurs, mes frères.
Je sais aussi la colère et la haine.
Je sais que non loin on fourbit le fer.

Et je suis là, à regarder le ciel,
Entre les feuilles d'une vigne opulente.
Admirant de ce matin qui s'éveille,
La douceur, la candeur innocente.

Coupable ou indifférent, je me tais.
Sourd aux échos que le vent colporte.
Cet été fut si doux à voir passer,
Si belles ses aurores naissant à ma porte.

C'est le matin, un matin de silence,
Pour ces corps mutilés qui accusent.
C'est le matin, un peu plus de décence,
Et pardon pour nos sens qui s'abusent.

Août 1992

L'AME INSULAIRE

Sur des grèves où s'écoule
L'écume blanche des jours
Je rêve solitaire et sourd
Aux assauts de la houle
Sur ce monde alentour
Qui menace et s'écroule.

J'ai l'âme insulaire
Bercée par des vents odorants
J'aime les calmes océans
Leurs reflets leurs lumières
La solitude des géants
Que n'atteint pas la colère.

J'ai des îles la nonchalance
Le pas tranquille et serein
Régulière la cadence
De mes joies et chagrins
Entre deux eaux va la chance
Jamais je ne tendrai la main !

SANS LE POETE...

J'aime les sciences non abouties
Qui procèdent du coeur et de l'esprit
Philosophies fantasques d'érudits
En quête d'absolus et de Paradis.

Théories grandioses sans lendemains
Métaphysiques et crédos incertains
Prophètes d'un soir abreuvés de vin
Refaisant le monde en tremblant des mains.

J'aime le scintillement de yeux ivres
De tendresse de bonheur à vivre
J'aime surtout la nuit venue poursuivre
Un songe fugace qui m'enivre

Rêveurs intangibles altérés de vie
Aux pensées dérobées et travesties
Au goût des sciences d'aujourd'hui
C'est pour vous cette plainte et ce cri.

J'aime à dire aux esprits cartésiens
A qui sans doute le monde appartient
Sans le rêve le monde ne serait rien
Sans le poète, le fou, tout serait vain !

NOUS DIRONS A L'ENFANT

Nous dirons à l'enfant
Qui ne comprendra pas
Le soir en s'endormant
La cause de notre émoi
Les grands chevaux blancs
Libres dans les marais
Les ruisseaux ondulant
Dans la fraîcheur des prés.

Nous dirons à l'enfant
Blotti, recroquevillé
Contre nos bras de grands
La splendeur du passé
La nature s'éveillant
Au chant des oisillons
Les senteurs du printemps
Embaumant les vallons.

Feuilletant les pages
D'un livre ancien
Jurant d'être sage
Tous les surlendemains
Il nous demandera
S'endormant à demi
"Demain tu me diras
Comment l'histoire finit ?"

Alors, las et sévères
Nous dirons à l'enfant
La folie de ses pères
Qui ne surent s'en allant
Ne laisser sur la terre
Que la peur aux enfants
Et le monde désert
De ce qu'ils aiment tant.

A DEUX SOUS LA PLUIE

A deux sous la pluie
Quand après l'ondée
Le soleil qui brille
Reviens nous sécher.

Courons sous les gouttes
Et bravons l'averse
Le ciel du mois d'août
Fera des prouesses.

Déjà les fleurettes
Voyant le ciel bleu
Relèvent la tête
Vers l'astre joyeux.

La chaleur inonde
Nos corps refroidis
Et commence la ronde
Des amants transis.

C'est après la pluie
A l'ombre des blés
Que deux coeurs ravis
Jurent de s'aimer.

L'ARDECHE

On y vient un peu par hasard
Un jour de fête ou de vacances
On la découvre et c'est bizarre
On y revient on y repense
Comme à la terre dont on rêva
Pour abriter tous ces bonheurs
Auxquels un jour on aspira
Lorsque l'amour brûlait nos coeurs
On y revient chercher le rire
Qui ensoleillait notre vie
Un visage dont le souvenir
Un triste jour nous fût ravi
Sur le chemin courbant le dos
Lorsque mes jours n'étaient que pluie
J'y ai reçu comme un cadeau
Le grand soleil de l'embellie
On y vient un peu par hasard
Un jour de fête ou de vacances
On la découvre et c'est bizarre
Soudain en nous renaît l'enfance.

VIEILLIR

Qui se souvient de son printemps radieux,
Des rêves semés dans le sillon des nuits.
Un soleil vainqueur enflammait les cieux.
Le coeur chantait et semblait insoumis.

L'âme s'étonne, le chemin est si court !
Voilà que l'automne déjà, pluies et chagrins,
Rallonge les nuits, assombrit les jours.
Fait frémir le coeur et trembler les mains.

C'est un temps de questions importunes,
Harcelant la mémoire qui ne sait plus.
Quel est ce chemin brillant sous la lune,
Cette lumière qui s'obstine incongrue.

CHANSON DE FANY

J'ai des collines de mon pays
Un doux parfum de romarin
Entre mes lèvres qui sourient,
Une chanson qui sent le thym.

REF : Ah ! qu'elle est belle ma Provence,
Des Alpilles du pays de Crau.
Au soleil de la transhumance,
Quand s'éparpillent les troupeaux.

J'ai dans les yeux cette lumière,
Que virent en songe les poètes.
Un grand ciel bleu qui désespère,
Lorsqu'un nuage s'y arrête.

REF : Ah ! qu'elle est belle ma Provence,
Sous l'olivier, sous l'amandier.
Au grand soleil des jours d'errance,
Lorsque le vent nous fait danser.

J'ai dans les yeux comme un écho,
De pierres qui roulent sous le pas.
Et dans mon coeur le doux fardeau
De souvenirs qu'on n'oublie pas.

REF : Ah ! qu'elle est belle ma Provence,
Des Alpilles du pays de Crau.
Au soleil de la transhumance
Quand s'éparpillent les troupeaux.

FUGITIVE

J'ai fait sourdre en mon coeur
Une source nouvelle
Abreuvant ma passion de liqueur
Aussi douce que du miel

De mes lèvres a jailli ton nom
Et ton ombre là-bas
Tournant vers moi son large front
Me tendait les bras

Puis j'ai fermé les yeux sur ton image
Conservant entre mes cils
Comme le plus beau des mirages
Ta silhouette gracile.

QUAND LES FONTAINES SE SERONT TUES

Quand les fontaines se seront tues
Sur les places des villages désertés
Quand les foules coulant le long des rues
Auront oublié les sources ombragées
Quand nous aurons pour souvenir
Un chant d'oiseau sur un figuier
Une chèvre de légende ne voulant pas mourir
Et quelques fleurs séchées sur du papier
Nous parleront encore à nos longues veillées
Du laboureur au champ et de sa peine
Des monts enneigés des prairies embaumées
Des arbres morts que la rivière entraîne
A nos enfants les larmes aux yeux
Nous dirons la clarté des soirs d'été
Puis l'agonie d'un monde trop vieux
Qu'on a laissé mourir sans s'inquiéter

TABLES DES MATIERES

Ce livre est une réalisation

ACM
EDITION

21, Lotissement "La Roseraie"
BP 12 - 67860 BOOFZHEIM

Tél. 88 74 65 96

Achevé d'imprimer
sur nos presses
le 26 mars 1993

Dépôt légal : Avril 1993